THE TRA JERSEYS

LAS CAMISETAS VIAJERAS

Tiago explores /explora Barcelona

Written by/ Escrito por: Barbara Caison
Illustrated by/ Ilustrado por: Margarita Sada

One day-on his birthday
-he received a special surprise:

A package full of soccer jerseys,
right before his eyes.

The gift came with a card
that Tiago quickly read:

"Try one on for an adventure
and see where you are led."

Un día, para su cumpleaños,
una sorpresa especial recibió:

Ante sus ojos, un paquete lleno
de camisetas de fútbol apareció.

El regalo venía con una tarjeta
que Tiago leyó emocionado:

"Pruébate una si a una aventura
deseas ser guiado".

This surely seemed like a dream.

Without hesitation, he put on
the jersey of his favorite team.

Just like that, he was transported
to Barcelona in a flash of light.

Tiago was in the Camp Nou soccer stadium
and oh, what a sight!

Pensó que quizás era un sueño.

Se puso la camiseta de su
equipo favorito con empeño.

Y así, en un abrir y cerrar de ojos,
a Barcelona fue a parar.

Tiago estaba en el estadio de
fútbol Camp Nou, ¡qué espectacular!

He was amazed to watch the soccer team play,
right from the crowd!

And the people of the stadium chanted and cheered;
everyone was excited and loud.

After the game was over,
Tiago decided to explore.

Since he was in the great city of Barcelona,
he just had to see more.

Vio jugar al equipo de fútbol desde el público,
¡se sintió fascinado!

La gente del estadio coreaba y animaba;
todos gritaban entusiasmados.

Cuando terminó el partido,
Tiago decidió explorar.

Estaba en la gran ciudad de Barcelona,
tenía que ver más.

He visited La Sagrada Familia and shouted,
"Wow, that is tall!"

Of all the churches he had been to,
this was the greatest masterpiece of them all.

He learned that they started building it
in 1882 but it still wasn't done!

It had been over 100 years since
its construction had first begun.

Visitó la Sagrada Familia y gritó:
"¡Qué amplia, aquí cabe toda una orquesta!".

De todas las iglesias que había visitado,
ésta era la mayor obra maestra.

Se enteró de que empezaron a construirla
en 1882, ¡pero aún no estaba terminada!

Habían pasado más de 100 años desde
que su construcción fue iniciada.

Tiago was excited to see the Gothic Quarter
in Barcelona, so he headed on his way,

To continue his discoveries
and his magic-filled day.

Tiago explored the narrow streets
that looked more like a maze.

He walked through the plazas and visited
the museums of this incredible place.

Tiago ansiaba ver el Barrio Gótico de Barcelona,
así que siguió su travesía,

para continuar con sus
descubrimientos y su mágico día.

Tiago quiso explorar las calles estrechas,
parecían un laberinto.

Paseó por las plazas y visitó los museos
de este sitio tan variopinto.

Then Tiago headed to La Rambla and thought,
what a fascinating street!

He saw human statues of people costumed
and painted from their face to their feet.

Tiago visited the Christopher Columbus Monument
where La Rambla meets the sea!

And he thought about the view from the top of it;
how awesome that would be.

Entonces Tiago se dirigió a La Rambla.
"¡Qué calle tan fascinante!", pensó.

Estatuas humanas, disfrazadas y pintadas
de pies a cabeza, él contempló.

Tiago visitó el monumento Cristóbal Colón,
donde La Rambla se encuentra con el mar.

¡Cuán impresionante sería la vista si
a la cima se atreviese a llegar!

At La Rambla, Tiago came across
a wall where a poster was glued.

It said "Mercat de la Boqueria"
and was covered in pictures of food.

Tiago went there and
was surprised to find

The crazy amounts of food at this market
and all the different kinds!

En La Rambla, Tiago vio una pared
en la que había un cartel pegado.

Decía "Mercat de la Boqueria"
y de fotos de comida estaba colmado.

Tiago fue allí y
le pareció sorprendente

la gran cantidad de comida en ese mercado,
¡de muchos tipos diferentes!

Tiago then noticed a Metro sign
So he hopped on the train!

Underground travel is not only quick
but also popular in Spain.

He was headed to Parc Güell
which he had heard of before,

But he had no idea of the beauty
that was in store.

Tiago se fijó en una señal del metro,
¡así que se subió al tren!

El viaje en metro no sólo es rápido,
sino muy popular en España también.

Se dirigió al Parc Güell,
del que ya había oído hablar,

pero no tenía ni idea de la belleza
que iba a encontrar.

When Tiago arrived, the gardens
and architecture looked so unreal!

He would forever remember
the peace that the park made him feel.

There was a beautiful mosaic bench
with bright colors all around!

Parc Güell was by far
the most special park he had found.

Cuando Tiago llegó, los jardines
y la arquitectura muy irreales parecían

La paz que le hizo sentir el parque
en su corazón permanecería.

Había un hermoso banco de mosaico
con muchos colores brillantes.

Un parque tan especial como
Parc Güell no había visto antes.

Suddenly Tiago had a
confused look on his face,

And he wondered, *who in
the world could have created this place?*

He asked a lady there
because he wanted to find out!

She said "Antoni Gaudí, the most famous
architect in Barcelona, without a doubt!"

De repente, Tiago observó
confundido a su alrededor,

"¿Quién podría haber creado este lugar?",
meditó en su interior.

Preguntó a una señora que estaba allí,
porque sentía curiosidad.

"¡Antoni Gaudí, el arquitecto más famoso en
Barcelona!", contestó ella con amabilidad.

She said that he also created La Sagrada
Familia church, so Tiago knew it had to be true!

Because that church was absolutely
magnificent and Parc Güell was, too.

"¡Gracias!" said Tiago as he smiled
and waved goodbye.

"De nada," said the woman
as her gentle reply.

Ella explicó que Gaudí también había creado
el templo de la Sagrada Familia, ¡y Tiago supo
que era cierto!

Pues tanto ese templo como el Parc
Güell le habían dejado boquiabierto.

"¡Gracias!", dijo Tiago despidiéndose
con la mano mientras sonreía.

"De nada", dijo la mujer
que cortésmente respondía.

Next, Tiago traveled to Barceloneta
beach and felt the sand under his feet.

He listened to the waves crashing
to shore and thought, *This feeling can't be beat!*

Luego, Tiago llegó a la playa de la Barceloneta
y allí la arena bajo sus pies sintió.

Escuchó cómo las olas llegaban a la orilla.
"¡Esta sensación es inigualable!", admitió.

Tiago loved the city of Barcelona;
his memories would forever last.

But it was time to get back home
after having such a blast.

Tiago suddenly took off his Barcelona
soccer jersey; he pulled it over his head!

And at that very instant, he appeared
safely back home, tucked right in his bed.

A Tiago le encantó Barcelona;
sus recuerdos quedarían por siempre grabados.

Pero ya era hora de volver a casa
después de tanto haber disfrutado.

De repente, Tiago pasó por encima de su cabeza
la camiseta del Barcelona y se la quitó.

En ese mismo instante, sano y salvo en casa,
metido en su cama, apareció.

Lightning Source UK Ltd.
Milton Keynes UK
UKHW050838071222
413405UK00003BA/13